Sur le Tour de France

Laurence Gillot • Mérel

Nathan

Rachid le timide
Mélanie la chipie
Pacha le chat
Pascale la géniale
Arthur le gros dur
Es-tu prêt pour une nouvelle aventure ? Eh bien, commençons !
Ah, j'y pense : les mots suivis d'un ☼ sont expliqués à la fin de l'histoire.

Sur le bord d'une route, Gafi
et ses amis regardent passer
une course de vélos.
C'est le Tour de France.

– Voilà Olivier Monga, crie Pascale.
C'est mon coureur préféré !
– Je le trouve mignon ! dit Mélanie.

Les deux filles l'encouragent :
– Vas-y Olivier ! Tu es notre champion !
Tu es bientôt arrivé !

Dans la foule, un garçon avec une radio, dit :

– Fred Didi vient de franchir la ligne d'arrivée à Rioul. Monga est deuxième.

– Pfffff ! soupire Pascale, Olivier a perdu.

– Ce Freddy, s'énerve Mélanie, je ne l'aime pas. Il est trop sûr de lui.

– Et si on allait à Rioul ? propose soudain Gafi.

– Bonne idée ! s'exclame Arthur.

Ils montent sur leur vélo et les voilà partis.

Sur sa bicyclette, Mélanie invente des paroles sur l'air de Frère Jacques :

– *Olivier Monga-a, Olivier Monga-a,*
On est avec toi, on est avec toi,
Oui tu vas gagner-é, oui tu vas gagner-é !

– *Ding ding dong, ding ding dong !* continue Gafi.

– Tu es bête ! rit Mélanie.

Et à la place de ding ding dong, elle chante :

– *Vive le maillot jaune ! Vive le maillot jaune !*

Les amis font une petite pause.

– Regardez ce que je viens de trouver ! s'écrie tout à coup Rachid.

Entre ses doigts, il tient un trèfle
à quatre feuilles.
– Ça porte bonheur ! Nous allons l'offrir
à Olivier Monga ! propose Pascale.

À Rioul, il y a plein de voitures, de cars, de camions et bien sûr des vélos. La petite ville est envahie par le Tour de France! Gafi montre la fenêtre d'un hôtel.

– Olivier est là! Je le vois!

Et aussitôt, Mélanie se met à chanter à tue-tête:

– *Olivier Monga-a, Olivier Monga-a…*

HOTEL
HOTEL
ARRIVEE
EX!

Et tous continuent en choeur :
– *On est avec toi, on est avec toi…*

Fred Didi apparaît à une autre fenêtre.
Il n'a pas l'air content !
Olivier Monga, lui, est heureux. Il envoie des baisers aux enfants avant de disparaître dans sa chambre.

– Comment va-t-on faire pour lui donner le trèfle ? demande Rachid.

– J'ai une idée ! dit Pascale.

Elle sort de sa poche un porte-monnaie. Elle met le trèfle à l'intérieur et déclare :

– On va le lancer dans la chambre d'Olivier !

– Je vais le faire ! décide Arthur.

Arthur vise et...

Le porte-monnaie tombe…

dans la chambre de Fred Didi !

– Catastrophe ! hurle Mélanie.

– J’y vais ! annonce Gafi.

Il s’envole aussitôt vers la chambre de Fred Didi.

Dans la chambre, le coureur s'avance pour ramasser le porte-monnaie, mais le fantôme l'attrape avant lui et ressort par la fenêtre!
Fred Didi n'y comprend rien.
– J'ai dû rêver, dit-il.

Dehors, Rachid relance le porte-monnaie. Cette fois, il atterrit chez Olivier Monga, mais sur le rebord de la fenêtre seulement !

– Heureusement que je suis là ! dit joyeusement Gafi en s'envolant de nouveau.

DE PAR
EVE
RE

Olivier Monga est allongé sur son lit
et Gafi jette le porte-monnaie sur son ventre.
Carrément !
Le cycliste se réveille en sursaut.

Quand il découvre le trèfle à quatre feuilles, il va à la fenêtre et crie :

– Merci les enfants ! Vous êtes formidables !

Alors Mélanie chante de nouveau :

– *Olivier Monga-a, Olivier Monga-a...*

Le lendemain, la bande regarde Olivier Monga à la télévision. Il a remporté l'étape ! Il explique devant la caméra :
– J'ai gagné grâce à quatre jeunes qui ont cru en moi et je veux les rencontrer !

Les amis sautent de joie.

c'est fini !

Encourager : donner du courage, de l'énergie.

Franchir : passer, aller au-delà d'une limite.

Maillot jaune : le cycliste qui porte ce vêtement a gagné le Tour de France ou juste une étape.

Envahir : occuper toute la place.

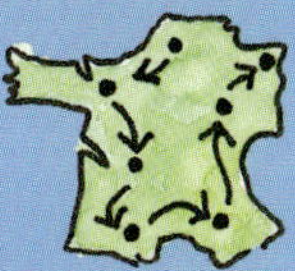

Étape : distance à parcourir avant de s'arrêter. Le Tour de France est constitué de plusieurs étapes.

Ça roule !

Trouve les voyelles manquantes dans ces cinq mots en t'aidant du dessin du vélo !

réponse : 1 : pneu ; 2 : selle ; 3 : frein ; 4 : pédale ; 5 : guidon.

Rébus

Déchiffre ce rébus pour comprendre ce que se disent Mélanie et Rachid !

réponse : Le vainqueur, c'est Fred ! – Non, c'est Pacha !

L'intrus !

As-tu bien lu ? Laquelle de ces images n'est pas dans l'histoire ?

réponse : l'image 6.

Le méli-mélo des routes

Démêle ce labyrinthe pour découvrir la signification de chaque maillot dans le Tour de France.

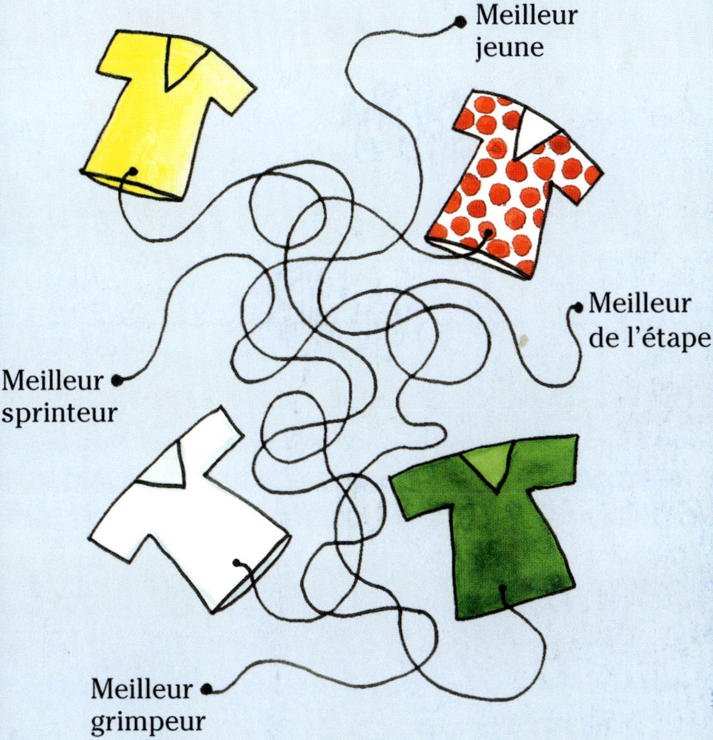

réponse : Le meilleur de l'étape porte un maillot jaune, le meilleur grimpeur un maillot à pois rouge, le meilleur sprinteur un maillot vert, et le meilleur jeune du Tour un maillot blanc.

Dans la même collection

Illustrée par Mérel

Je commence à lire

1- *Qui a fait le coup?* Didier Jean et Zad • 2- *Quelle nuit!* Didier Lévy • 3- *Une sorcière dans la boutique*, Mymi Doinet • 4- *Drôle de marché!* Ann Rocard • 15- *Bon anniversaire, Gafi!* Arturo Blum • 16- *La fête de la maîtresse*, Fanny Joly • 23- *Gafi et le magicien*, Arturo Blum • 24- *Le robot amoureux*, Stéphane Descornes • 29- *Une drôle de robe!* Elsa Devernois • 30- *Pagaille chez le vétérinaire!* Stéphane Descornes • 35- *Le nouvel élève*, Anne Ferrier • 36- *Le visiteur de l'espace*, Stéphane Descornes • 41- *Le ballon magique*, Stéphane Descornes • 42- *SOS, dauphin!* Anne Ferrier • 45- *Safari en folie!* Stéphane Descornes

Je lis

5- *Gafi a disparu*, Didier Lévy • 6- *Panique au cirque!* Mymi Doinet • 7- *Une séance de cinéma animée*, Ann Rocard • 13- *Le château hanté*, Stéphane Descornes • 19- *Mystère et boule de neige*, Mymi Doinet • 20- *Le voleur de bonbons*, Didier Jean et Zad • 26- *Qui a mangé les crêpes?* Anne Ferrier • 31- *Le passager mystérieux*, Françoise Bobe • 32- *Un fantôme à New York*, Didier Lévy • 37- *Des clowns à l'hôpital*, Françoise Bobe • 38- *Gafi, star de cinéma!* Didier Lévy • 43- *Le chat du pharaon*, Mymi Doinet • 44- *En route pour l'espace!* Stéphane Descornes • 46- *Gafi aux Jeux Olympiques*, Danièle Fossette • 47- *La Plante magique*, Stéphane Descornes

Je lis tout seul

9- *L'Ogre qui dévore les livres*, Mymi Doinet • 10- *Un étrange voyage*, Ann Rocard • 11- *La photo de classe*, Didier Jean et Zad • 12- *Repas magique à la cantine*, Didier Lévy • 17- *La course folle*, Elsa Devernois • 18- *Sauvons Pacha!* Laurence Gillot • 21- *Bienvenue à bord!* Ann Rocard • 22- *Gafi et le chevalier Grocosto*, Didier Lévy • 27- *Qui a kidnappé la Joconde?* Mymi Doinet • 28- *Grands frissons à la ferme!* Didier Jean et Zad • 33- *Les chocolats ensorcelés*, Mymi Doinet • 34- *Au bal costumé*, Laurence Gillot • 39- *Mélanie la pirate*, Stéphane Descornes • 40- *Sous les étoiles*, Elsa Devernois • 48- *Sur le Tour de France*, Laurence Gillot

Directeur de collection et conseil pédagogique :
Alain Bentolila

Jeux conçus par Georges Rémond

Loi n°49-956 du 16 juillet 1949 sur les publications destinées à la jeunesse
ISBN : 978-2-09-254331-3 - N° éditeur : 10188173 - Dépôt légal : janvier 2013
Imprimé en France par Loire Offset Titoulet à Saint-Etienne